Stagni di evapotraspirazione: aspett

Carlos Piffero Câmara
Oriel H. Bonilla

Stagni di evapotraspirazione: aspetti ecologici e servizi ambientali

ScienciaScripts

Imprint

Any brand names and product names mentioned in this book are subject to trademark, brand or patent protection and are trademarks or registered trademarks of their respective holders. The use of brand names, product names, common names, trade names, product descriptions etc. even without a particular marking in this work is in no way to be construed to mean that such names may be regarded as unrestricted in respect of trademark and brand protection legislation and could thus be used by anyone.

Cover image: www.ingimage.com

This book is a translation from the original published under ISBN 978-620-2-18594-3.

Publisher:
Sciencia Scripts
is a trademark of
Dodo Books Indian Ocean Ltd. and OmniScriptum S.R.L publishing group

120 High Road, East Finchley, London, N2 9ED, United Kingdom
Str. Armeneasca 28/1, office 1, Chisinau MD-2012, Republic of Moldova, Europe

ISBN: 978-620-7-18252-7

ABSTRACT

I servizi igienici nel mondo sono ancora estremamente carenti, causando gravi problemi alla salute pubblica e causando la morte di milioni di bambini ogni anno. Circa il 43% delle abitazioni brasiliane non è collegato al sistema fognario. La costruzione di serbatoi di evapotraspirazione (TEvap), una tecnologia ambientale decentralizzata facile da usare e a basso budget, svolge importanti servizi per gli ecosistemi locali. Questo studio si è basato sui servizi ambientali e sugli aspetti ecologici relativi all'implementazione di 80 unità TEvap nella Riserva Estrattiva di Batoque, attraverso il progetto Batoque Lagoon Recovery. Sono state impiegate 74 delle 80 unità previste, con una riduzione di circa 88,8 tonnellate di rifiuti e il trattamento di 11.444,4 kl di acque reflue nel periodo da marzo 2011 a dicembre 2012 e un tasso di sequestro del carbonio di 0,05 tC / ha.anno^{-1} . Ciò ha comportato un guadagno economico per la nazione di 50.620,18 R$. L'implementazione del TEvap ha dimostrato notevoli servizi ambientali per i residenti della Riserva Estrattiva di Batoque/Aquiráz (CE), principalmente nel trattamento delle acque reflue domestiche e nella riduzione dei rifiuti. Ulteriori studi su altri possibili servizi ambientali e aspetti ecologici del TEvap potrebbero portare nuove informazioni sul valore economico, sociale e ambientale.

Parole chiave: Servizi ambientali. Serbatoio di evapotraspirazione. Permacultura.

CAPITOLO 1 INTRODUZIONE

Il risanamento ambientale, che comprende i servizi di approvvigionamento idrico, la gestione dei rifiuti solidi, lo smaltimento delle acque reflue, la gestione delle acque piovane urbane, tra gli altri, è uno strumento importante per controllare gli impatti dell'urbanizzazione sull'ambiente. La mancanza di condizioni adeguate nel settore può contribuire alla contaminazione delle fonti d'acqua, dei corsi d'acqua e dei terreni, all'insabbiamento dei fiumi, alle inondazioni e, di conseguenza, alla formazione di ambienti favorevoli alla proliferazione di agenti che trasmettono malattie. Questi fenomeni debilitano i lavoratori, li tengono lontani dal lavoro, riducono la produttività e hanno un impatto sull'ambiente, generando perdite economiche.

"Si tratta di servizi essenziali con esternalità sull'ambiente, sulla salute degli individui e sullo sviluppo economico. Per questo motivo, meritano un'attenzione particolare da parte della sfera pubblica. In Brasile, sono prevalentemente offerti da fornitori pubblici" (SAIANI, C. C. S.; TONETO JÚNIOR, R.; DOURADO, 2010).

I servizi igienici di base sono un diritto umano essenziale. Approvata dall'Assemblea Generale delle Nazioni Unite (ONU) nel luglio 2010, questa definizione contrasta con la drammatica situazione globale in cui 2,6 miliardi di persone non dispongono di raccolta e trattamento delle acque reflue e 900 milioni di persone vivono ancora senza accesso a fonti affidabili di acqua potabile. "Questa situazione porta alla morte annuale di 1,5 miliardi di bambini sotto i cinque anni in tutto il mondo, e circa il 99% di questi decessi si verifica nei Paesi poveri e in via di sviluppo" (TRATA BRASIL, 2010).

In Brasile ci sono ancora grandi sfide dovute all'enorme necessità di implementare sistemi di trattamento delle acque reflue residenziali nelle aree rurali, urbane e periurbane. Fornari (2011) riporta le risposte di 2.409 dei 4.891 comuni brasiliani registrati nel 2009 dal National Sanitation Information System (SNIS), con solo il 37% che dispone di un sistema di trattamento delle acque reflue.

I serbatoi di evapotraspirazione (TEvap) sono presentati in questo contesto come soluzioni da considerare e studiare in vista della necessità di implementare sistemi igienici ecologici, utilizzati su scala familiare, in campagna e in città, a basso costo e adattati a piccoli spazi aperti. Questa tecnologia per uso sociale è stata diffusa da progetti ambientali come il progetto "Recupero della laguna di Batoque ad Aquiráz - Ceará", sponsorizzato da Petrobras attraverso il programma Petrobras Environmental.

"Negli ultimi decenni, la fornitura di beni e servizi per ridurre l'inquinamento e consentire una migliore gestione delle risorse ambientali è diventata il *core business*[1] di aziende private specializzate" (ABDI, 2012). Evidenziando gli aspetti ecologici e i servizi ambientali legati all'implementazione del TEvap nella Riserva Estrattiva di Batoque, sede dello studio, si cerca di fornire dati rappresentativi sui benefici di questa tecnologia sociale e ambientale, evidenziando i valori finanziari associati ai risparmi che questo sistema produce per le casse pubbliche, consentendo ad altri settori come aziende, associazioni, ONG, Stato e Comune di investire nello studio e nell'implementazione di questa tecnologia di trattamento delle acque reflue residenziali decentralizzata in aree rurali e urbane.

2.1 Tipo di PA Riserva estrattiva

La prima Unità di Conservazione (UC) brasiliana è stata creata nel 1937, il Parco Nazionale Itatiaia, e ad oggi abbiamo raggiunto il traguardo di 1.649 unità distribuite su tutto il territorio nazionale (WWF, 2012). La legislazione brasiliana sulle aree protette è stata consolidata con l'approvazione della Legge n. 9.985, che ha creato il Sistema Nazionale di Unità di Conservazione (SNUC) nel 2000 (WWF, 2012).

Conosciuti popolarmente come parchi e riserve, i PA sono suddivisi in due grandi gruppi: Protezione totale e Uso sostenibile, suddivisi in 12 categorie. Le Riserve estrattive (Resex) sono incluse nel gruppo delle AP orientate all'uso sostenibile, con l'obiettivo di garantire l'uso sostenibile e la conservazione delle risorse naturali rinnovabili, proteggendo i mezzi di sussistenza e la cultura della popolazione estrattiva locale.

Il rapporto di gestione dell'Istituto Chico Mendes per la Conservazione della Biodiversità (ICMBio) (MMA, 2013) riporta che delle 77 Unità di Conservazione con popolazioni tradizionali, la maggior parte si trova nel Resex, circa il 95%, con circa il 40% di queste popolazioni che vivono nella fitta foresta ombrofila e circa il 60% sulla costa, tra le mangrovie e il mare, nel Resex costiero e marino. Il Resex Batoque fa parte di questo contesto, inserito nella realtà della maggior parte delle unità di questo tipo che vivono e svolgono gran parte delle loro attività sulla costa.

La Riserva Estrattiva di Batoque (Resex) (Figura 1) è stata la prima unità di questa categoria a essere creata nello Stato del Ceará, approvata il 5 giugno 2003 con Decreto del Presidente della Repubblica Federativa del Brasile, Luís Inácio Lula da Silva. "Si trova nel comune di Aquiráz (CE) e ha una superficie di circa seicentouno ettari" (MMA, 2009).

Figura 1 - Immagine dell'area delimitata della Riserva Estrattiva di Batoque.

Fonte: adattato da Google Earth.

"Il Resex Batoque è direttamente influenzato dai comuni di Pindoretama e Cascavel, poiché la comunità Batoque mantiene strette relazioni economiche e sociali con questi comuni" (MMA, 2009). Situato a 54 chilometri dalla capitale dello Stato del Ceará, Fortaleza. "Situato tra le coordinate 3°58'30" e 4°00'50", latitudine sud e 38°13'20" e 38°15'10", longitudine ovest" (MMA, 2009).

L'accesso al Resex avviene attraverso il comune di Pindoretama, sulla strada statale CE-040, con pavimentazione in asfalto. Dal comune di Pindoretama si percorrono circa 12 chilometri su una strada non asfaltata fino a raggiungere la comunità.

Il Resex di Batoque ospita una piccola comunità di circa 600 residenti, secondo le informazioni del Programma ambientale di Petrobras (2010), che oggi costituisce una riserva estrattiva. Nel Resex ci sono circa 362 case, di cui 262 sono di residenti nativi e 100 di villeggianti (informazioni verbali)[2] . "Ha i seguenti confini geografici: a nord, l'Oceano Atlantico; a sud, il comune di Pindoretama; a ovest, il territorio della tribù indigena Jenipapo - Kanindé; e a est, la comunità di Barro Preto, nel comune di Cascavel" (MMA, 2009).

Il Resex do Batoque è influenzato dall'Area di Protezione Ambientale (APA) di Balbino (Legge n. 479 del 21 settembre 1988), situata nel comune di Cascavel, a est, e dall'APA del Fiume Pacoti (Decreto n. 25.778 del 15 febbraio 2000), situata ad Aquiráz, e dal suo Corridoio Ecologico del Fiume Pacoti (Decreto n. 25.778 del 15 febbraio 2000), a ovest.

"Il substrato geologico dell'area è costituito da unità risalenti al Precambriano. Le unità litostratigrafiche presenti nell'area indagata comprendono la Formazione di Barreiras, i Sedimenti Eolico-Litoranei e i Depositi Alluvionali" (MMA, 2009).

Secondo il Ministero dell'Ambiente (2009), la Formazione di Barreiras è costituita da sedimenti sabbioso-argillosi scarsamente litificati e di colore rossastro, crema o giallastro. Seguendo la sequenza litostratigrafica delle rocce dell'area, i sedimenti quaternari delle paleodune si sono depositati in modo discordante sui depositi della Formazione di Barreiras e rappresentano le dune più antiche (dune fisse), situate a un livello inferiore rispetto alle dune recenti (dune mobili). Per quanto riguarda le dune mobili (quaternarie), queste rappresentano un'unità costituita da sedimenti non consolidati, che attraverso l'azione del vento formano accumuli dunali distribuiti in modo continuo e parallelo alla linea di costa.
"Questi depositi sono distribuiti in tutta l'area di studio, essendo interrotti solo dalle pianure fluvio-marine e lacustri esistenti nella zona" (MMA, 2009). "I sedimenti delle dune mobili sono rappresentati da sabbie biancastre, a grana fine o media, ben assortite, composte da grani di quarzo, con minerali pesanti comuni, soprattutto ilmenite" (MMA, 2009).
"Nel paesaggio morfologico dell'area studiata è possibile individuare due grandi unità di rilievo, ovvero: i tavolieri pre-litoranei e la pianura costiera" (MMA, 2009). Secondo il Ministero dell'Ambiente (2009), la pianura costiera è l'elemento più rappresentativo dell'area in esame. Questa unità inizia in prossimità della linea di costa, dove i sedimenti accumulati e lavorati dai processi eolici formano la spiaggia e la post-spiaggia, le pianure fluvio-lacustri e fluvio-marine e il campo dunale.

"Le principali associazioni vegetazionali presenti nell'area di studio sono: Vegetazione pioniera psammofila, Vegetazione lacustre, Vegetazione subperenifolia delle dune, Vegetazione paludosa marittima di
Vegetazione a mangrovie e subcaducifolia del Tabuleiro e vegetazione ruderale (colture agricole)" (MMA, 2009).

Il Ministero dell'Ambiente (2009) afferma che, sebbene l'area oggetto di studio si trovi nel Ceará, dove il clima è prevalentemente semi-arido, i livelli di precipitazioni annuali sono stati elevati per Aquiráz, con valori di 1.381 mm/anno, giustificati dalla posizione del comune sulla fascia costiera. "La stagione delle piogge (febbraio-marzo-aprile-maggio) rappresenta il 75% del totale delle precipitazioni annuali nel comune di Aquiráz" (MMA, 2009).

Una delle variabili più significative nel determinare il bilancio idrico è l'evapotraspirazione potenziale (ETP), definita come una funzione della temperatura e dell'esposizione oraria alla luce solare per ogni mese. La regione in questione presenta temperature medie mensili elevate associate ad alti valori di insolazione.

"Sia Fortaleza che Aquiráz hanno registrato valori di ETP superiori a 100 mm al mese. Aquiráz, che ha una piovosità totale annua inferiore a quella di Fortaleza, registra un deficit annuo di 646 mm, con un surplus idrico di 331 mm; questi, a fronte dell'elevato tasso di evapotraspirazione annuo, registrano otto mesi secchi" (MMA, 2009).

Il vento gioca un ruolo importante nella dinamica dei paesaggi, soprattutto nelle aree costiere. Secondo i dati contenuti nell'Atlante del potenziale eolico dello Stato del Ceará (2001), la regione costiera è immersa in una continua circolazione atmosferica subequatoriale degli alisei, provenienti da un'area oceanica immersa e priva di ostacoli, che le conferisce il trinomio: intensità, costanza e bassa turbolenza. Il Ministero dell'Ambiente (2009) indica valori minimi nei mesi da marzo a maggio, corrispondenti alla stagione delle piogge, quando i venti raggiungono la loro minima intensità annuale, con valori dell'ordine di 6-8 m/s. Il resto dell'anno è caratterizzato da periodi secchi, causati dal ritorno della Zona di Convergenza Intertropicale (ITCZ) alle latitudini equatoriali, in cui i venti della regione raggiungono il loro massimo, con un'intensità di circa 8-12 m/s.

"Il comportamento della temperatura rimane elevato durante tutto l'anno, raggiungendo valori massimi di 27,7°C". (MMA, 2009). "L'influenza della stagione delle piogge sulle temperature più basse si nota nell'intensificazione della nuvolosità, soprattutto a marzo" (MMA, 2009).

2.2 Serbatoi di evapotraspirazione

L'uso di sistemi piantumati per il trattamento delle acque reflue è già comune in molte parti del mondo (EPA, 2000; LARSSON, 2003). Tuttavia, secondo Etim (2012), devono ancora diventare una tecnologia commercialmente disponibile in molte parti del mondo, soprattutto nei Paesi in via di sviluppo.

Il trattamento delle acque nere, cioè quelle che contengono un'alta concentrazione di agenti patogeni e un elevato carico organico, richiede un pre-trattamento per ridurre la materia organica e i solidi e un post-trattamento per eliminare i nutrienti e gli agenti patogeni in eccesso prima dello smaltimento finale nel terreno o nei corpi idrici. TEvap semplifica queste fasi combinando la digestione anaerobica (senza la presenza di ossigeno), pre-trattamento, con un sistema di strati di biofiltrazione ascendente, post-trattamento, integrati in un'unica vasca impermeabilizzata che favorisce l'intera digestione della materia organica (meno dell'1% delle acque nere). Elimina e intrappola eventuali agenti patogeni negli estratti inferiori, oltre a consentire una produzione alimentare su piccola scala (BODENS; OLIVEIRA, 2010; SOARES; LEGAN, 2009). "Elimina la necessità di post-trattamento dell'effluente, poiché è progettato in modo che l'effluente sia completamente evapotraspirato e assorbito dalle piante in condizioni operative normali" (GALBIATI, 2009).

"Il TEvap è una tecnica sviluppata e diffusa da permacultori di varie nazionalità con il potenziale per essere applicata al trattamento domestico delle acque nere in aree urbane e periurbane". "(PAMPLONA e VENTURI, 2004 apud GALBIATI, 2009). "La sua creazione è attribuita a Tom Watson, negli Stati Uniti, con il nome di "Watson Wick"". (BODENS; OLIVEIRA, 2010). "Il concetto di TEvap è arrivato in Brasile attraverso una serie di corsi tenuti da Scott Pittman nel gennaio 2000" (GALBIATI, 2009).

Nel nord-est, il TEvap ha assunto nomi diversi, come fossa verde (PTA, 2011; ARAÚJO et al., 2010; EMBRAPA, 2012) e letto bio-settico (SOARES; LEGAN, 2009; ICMBIO em Foco, 2012). È stato sponsorizzato da aziende come Petróleo Brasileiro S.A. (PETROBRAS), la Brazilian Agricultural Research Corporation (EMBRAPA) e il Consiglio Nazionale per lo Sviluppo Scientifico e Tecnologico (CNPq), ad esempio. Alcuni di questi progetti sono: "Recuperação da Lagoa do Batoque", ad Aquiráz - CE; "De olho na água", a Icapuí - CE; "Tribo das águas", a Caucaia - CE; e il "Projeto Fossa Verde", a Madalena - CE.

Nel 2009, il TEvap, chiamato orto bio-settico, è stato finalista del Premio di Tecnologia Sociale della Fondazione Banco do Brasil. Questa innovazione è stata sviluppata dall'Istituto di Permacultura ed Ecovillaggio del Cerrado, a Pirinópolis - GO.

"Una tecnica innovativa che tratta gli effluenti domestici a livello locale in modo semplice, sicuro ed efficiente, con l'aiuto della natura. Una scatola in muratura riceve ed effettua il trattamento biologico degli effluenti con l'aiuto di piante coltivate sulla sua superficie" (PFBBTS 2009).

Secondo Galbiati (2009), il funzionamento del TEvap può essere descritto come segue: le acque nere (acque reflue domestiche provenienti dalla toilette: feci, urina e acqua) che si formano dopo l'uso della toilette scorrono lungo il tubo di scarico fino al fondo del TEvap, all'interno della camera settica. All'interno di questa camera, il liquame grezzo subisce un processo di precipitazione e sedimentazione dei solidi, iniziando la digestione da parte dei batteri anaerobici, passando negli strati laterali di materiali biofiltranti (detriti grossolani, pietre) naturalmente colonizzati da batteri anaerobici. Man mano che il volume del liquame nella vasca aumenta, il contenuto riempie anche gli strati superiori di macerie medie, cocci di piastrelle, ghiaia, substrato di cocco, fino al terreno organico, in ordine crescente. Durante questo processo, i batteri anaerobici pre-digestiscono continuamente l'effluente, neutralizzando eventuali agenti patogeni e mineralizzando i composti in molecole che possono essere assorbite dalle piante TEvap. Dopo il processo anaerobico, l'acqua filtrata e trattata, che si è spostata per capillarità in superficie, viene fatta evaporare dal terreno e traspirata dalle piante. I solidi, che rappresentano meno dell'1% dell'acqua nera, vengono consumati dalle piante e dall'intera comunità di microrganismi che abitano la zona radicale. I principali processi fisici, chimici e biologici coinvolti nel funzionamento del TEvap sono la precipitazione e la sedimentazione dei solidi, la degradazione microbica anaerobica, la decomposizione aerobica, il movimento dell'acqua per capillarità e l'assorbimento di acqua e nutrienti da parte delle piante.

Soares e Legan (2009) affermano che la manutenzione del sistema consiste nella raccolta dei frutti, nella rimozione delle piantine in eccesso, nella ripiantumazione di nuove piantine e nella potatura per pulire le piante. Il risultato è un sistema privo di effluenti, poiché tutta l'acqua sarà assorbita ed evaporata dalle piante, mentre la materia solida sarà trasformata in minerali inerti, servendo da nutrimento per le piante e producendo frutti per il consumo umano.

Il dimensionamento standard per il TEvap, utilizzando il modello adottato dal progetto "De olho na água", reso disponibile da Soares e Legan (2009), stabilisce un'area di 3 m^3 (dimensioni di 2m x 1,5m x 1m) per ospitare fino a 7 persone. Galbiati (2009) raccomanda 2 m3 per persona, in base al suo studio condotto a Campo Grande - MS. Un modello schematico del TEvap è illustrato nella figura 2.

Figura 2 - Modello schematico di TEvap, sezione trasversale.

Fonte: Collezione della Fundação Brasil Cidadão.

2.3 Aspetti ecologici

La parola ecologia deriva dal greco *óikos*, che significa "dimora", e *logos,* discorso. È stata presentata per la prima volta da Ernest Haeckel (1870), concettualizzandola brevemente come un insieme di conoscenze relative all'economia della natura, che comprende lo studio di tutte le complesse interrelazioni indicate da Darwin come condizioni di lotta per l'esistenza. Ricklefs (2009) definisce l'ecologia come la scienza che studia come gli organismi (animali, piante e microbi) interagiscono tra loro e con il mondo naturale.

Gli aspetti ecologici riflettono relazioni essenziali per lo sviluppo di diversi sistemi biologici, influenzando lo sviluppo e l'esistenza indefinita autoregolata, invariabilmente soggetta alle condizioni meteorologiche e alle diverse variazioni biotiche del bioma. In altre parole, i sistemi ecologici agiscono nella regolazione dei gas, nella regolazione del clima regionale, nella regolazione delle perturbazioni, nella fornitura di risorse idriche, nella regolazione delle risorse idriche, nel controllo dell'erosione e nella ritenzione dei sedimenti, nella ciclicità dei nutrienti, nel fungere da rifugio, nel produrre e favorire la produzione di cibo, nel costituire una banca di risorse genetiche e nel poter essere utilizzati per il tempo libero.

I sistemi ecologici, secondo Ricklefs (2009), possono essere piccoli come singoli organismi o grandi come l'intera biosfera. Sono entità fisiche, in cui la vita è costruita sulle proprietà fisiche e sulle reazioni chimiche della materia, trovandosi in uno stato sia stazionario che dinamico. "[...] l'essenza di uno stato stazionario dinamico: un sistema scambia energia o materia con l'ambiente circostante, ma mantiene comunque le sue caratteristiche costanti" (RICKLEFS, 2009).

Queste definizioni rappresentano soprattutto un progresso dal punto di vista delle intercessioni che si possono osservare negli studi ecologici che, secondo Boff (2003), oggi vanno oltre gli aspetti esclusivamente ecologici e raggiungono le frontiere di altri campi del sapere, come l'etica e la bioetica.

L'ecologia è una delle aree di conoscenza che ha costantemente contribuito ai dibattiti sociali, etici, politici ed economici nelle società contemporanee laiche e plurali (BOFF, 2003; SIQUEIRA-BATISTA et al., 2009), permettendo così di costruire nuovi punti di riferimento per la risoluzione dei problemi ambientali che affliggono la Terra oggi, come: il buco nell'ozono, i cambiamenti climatici e il riscaldamento globale, l'estinzione delle specie, la comparsa e la ricomparsa di innumerevoli malattie, i cambiamenti nei cicli delle precipitazioni con impatti economici sull'agricoltura, tra gli altri.

Informazioni che contribuiscono in modo significativo a identificare, proiettare e ridurre gli importi economici spesi dalle casse pubbliche per i servizi ambientali, igienico-sanitari e sanitari, fondamentali per lo sviluppo di città sostenibili, progettate in equilibrio con l'ambiente.

2.3.1 Aspetti locali legati all'acqua.

Gli aspetti legati all'acqua sono degni di nota e permeano i sistemi ecologici del pianeta direttamente e indirettamente, rappresentando un'importanza fondamentale per l'esistenza e lo sviluppo della vita sulla Terra. Secondo le Nazioni Unite (2010), questa principale fonte di vita del pianeta manca in modo sicuro a 884 milioni di persone nel mondo. "Nonostante questo contesto preoccupante, si prevede che la percentuale di popolazione priva di un accesso sostenibile all'acqua potabile e ai servizi igienici di base sarà dimezzata entro il 2015." (ONU, 2010).

L'idrografia dell'area di ricerca è costituita essenzialmente da corsi d'acqua intermittenti. "I torrenti Barro Preto, Marisco e Boa Vista sono i principali sistemi idrici dell'area di studio" (MMA, 2009). Secondo il Ministero dell'Ambiente (2009), gli studi condotti nel 1987 indicano che la configurazione di questi torrenti indica attualmente la possibilità che un tempo fossero un unico fiume, che tagliava l'area parallelamente alla linea della spiaggia, dall'Iguape al torrente Caponga Funda, al confine con il comune di Cascavel.

"Questi piccoli corsi d'acqua sono attualmente frammentati, con evidenza della presenza isolata della laguna di Batoque e dei torrenti Marisco e Barro Preto" (MMA, 2009). "Questi corsi d'acqua sono spesso bloccati dalle dune durante la stagione secca, quando il drenaggio è alimentato principalmente dalle falde acquifere sotterranee della Formazione di Barreiras e dal campo di dune" (MMA, 2009).

La configurazione dell'area di ricerca evidenzia la presenza di superfici di deflazione, che portano alla formazione di piccole lagune intermittenti. La laguna perenne più importante dell'area è quella di Batoque, che prende il nome dalla comunità. "È ancora in condizioni relativamente buone e occupa un'area estesa all'interno della riserva, che si estende dalla pianura fluvio-marina di Boa Vista fino alle vicinanze della pianura fluvio-marina di Marisco" (MMA, 2009). "Oltre alle precipitazioni, l'approvvigionamento idrico della laguna proviene dalle dune che delimitano l'intera area della riserva. Le dune sono anche la falda acquifera della laguna Encantada e del torrente Marisco" (MMA, 2009).

La laguna di Batoque ha un'importanza significativa per la

riserva estrattiva, oltre allo sfruttamento delle sue acque per lo sviluppo di attività come l'agricoltura e l'allevamento. "Ha un potenziale turistico importante per lo sviluppo della comunità e contribuisce alla bellezza paesaggistica e all'equilibrio naturale del paesaggio locale" (MMA, 2009).

Si può quindi notare che il clima e l'idrografia sono direttamente collegati alle attività agricole svolte nella riserva. La grande disponibilità di acqua accumulata nei campi di dune e il tipo di terreno della zona rendono possibile la coltivazione di patate, che è una delle attività più popolari nella riserva. "D'altra parte, la concentrazione delle precipitazioni alimenta i corsi d'acqua e permette di sfruttarli meglio per l'agricoltura, la pesca nei laghi e le attività turistiche nella laguna principale della riserva" (MMA, 2009).

Tuttavia, secondo la relazione tecnica della Sovrintendenza statale per l'ambiente del Ceará (2013) n. 1853/2013, parametri come la domanda biochimica di ossigeno, il colore e il fosforo totale sono risultati in disaccordo con la legislazione vigente, la CONAMA 357/2005, segnalando il degrado ambientale della laguna dovuto a fattori antropici come lo scarico di acque reflue e rifiuti solidi.

2.3.2 La rigenerazione dei nutrienti negli ecosistemi terrestri e acquatici.

Ricklefs (2009) afferma che i nutrienti vengono rigenerati nei sedimenti acquatici dalla decomposizione batterica della materia organica. Al di sotto del termoclino si sviluppano condizioni anaerobiche perché i batteri consumano ossigeno durante il processo. Queste condizioni provocano la riduzione chimica di ferro, magnesio e zolfo e la solubilizzazione dei composti del fosforo. "Il ciclo dei nutrienti negli ecosistemi terrestri e acquatici è il risultato di reazioni chimiche e biochimiche simili espresse in ambienti fisici e chimici diversi" (RICKLEFS, 2009).

"Negli ambienti terrestri, i nutrienti provenienti dalla lettiera e da altri detriti organici sono rigenerati dalla lisciviazione di sostanze solubili, dal consumo da parte di grandi detritivori, da funghi che decompongono la cellulosa e la lignina e dall'eventuale mineralizzazione di fosforo, azoto e zolfo, principalmente ad opera di batteri" (RICKLEFS, 2009). "I batteri, o procarioti, sono gli specialisti biochimici dell'ecosistema, molti dei quali vivono in condizioni anaerobiche (assenza di ossigeno libero) in suoli e sedimenti umidi, dove le loro attività metaboliche rigenerano i nutrienti e li rendono disponibili alle piante" (RICKLEFS, 2009).

Questo servizio ambientale svolto da batteri e funghi, e la loro simbiosi con altri organismi più grandi come gli animali, favorisce il riciclo dei nutrienti e il loro continuo ritorno nei processi biologici. "Le interazioni ecologiche che avvengono in questa complessa rete sono fondamentali per mantenere la salute e la vitalità degli ecosistemi, nonché la loro capacità di produrre cibo" (CAPORAL, 2011).

2.3.3 Bioetica ed ecologia profonda

Nel 1927, in un articolo pubblicato sul periodico tedesco Kosmos, Fritz Jahr utilizzò per la prima volta il termine bioetica (bio + ethik). "Questo autore caratterizzò la bioetica come il riconoscimento degli obblighi etici, non solo verso gli esseri umani, ma verso tutti gli esseri viventi" (GODIM, 2006).

Godim (2006) riporta che la creazione del termine bioetica è stata precedentemente attribuita a Van Rensselaer Potter, quando nel 1970 pubblicò un articolo che la caratterizzava come scienza della sopravvivenza. Durante la prima fase, Potter descrisse la bioetica come un ponte, nel senso di stabilire un'interfaccia tra le scienze e le discipline umanistiche che avrebbe garantito la possibilità del futuro.

Alla fine degli anni Ottanta, secondo Godim (2006), Potter ha sottolineato la natura interdisciplinare e globale della bioetica, definendola globale. Il suo obiettivo era quello di ristabilire il focus originale della bioetica, includendo, ma non limitando, le discussioni e le riflessioni sulle questioni di medicina e salute, ampliandole per includere le nuove sfide ambientali. Potter ha basato il suo lavoro su quello di Aldo Leopold, che negli anni '30 ha creato l'etica della terra. "La proposta di Leopold ha ampliato la discussione di Jahr includendo, oltre a piante e animali, anche il suolo e altre risorse naturali come oggetto di riflessione etica" (GODIM, 2006).

"Nel 1998, Potter ha ridefinito la bioetica come bioetica profonda. L'influenza per l'uso di questa qualifica è stata l'ecologia profonda di Arne Naess" (GODIM, 2006). La bioetica profonda è "la nuova scienza etica", che combina umiltà, responsabilità e una competenza interdisciplinare e interculturale che accresce il senso di umanità" (GODIM, 2006).

"La visione integrativa dell'essere umano con la natura nel suo complesso, in un approccio ecologico, è stata la prospettiva più recente. La bioetica non può quindi essere affrontata in modo ristretto o semplificato. È importante commentare ciascuna delle componenti della definizione di bioetica profonda di Potter - etica, umiltà, responsabilità, competenza interdisciplinare, competenza interculturale e senso di umanità - per comprendere meglio la necessità di avvicinare la bioetica alla teoria della complessità" (GODIM, 2006).

"L'ecologia è stata quindi utilizzata per discutere aspetti disparati relativi alla vita sulla Terra, nell'ambito di una concezione di integrazione degli esseri viventi" (BATISTA et al, 2009). L'ecologia profonda è stata proposta nel 1973 dal filosofo norvegese Arne Naess (NAESS 1973; NAESS & ROTHENBERG, 1990) come risposta alla visione dominante sull'uso delle risorse naturali, fornendo un'alternativa al modello egemonico (Tabella 1) di pensare all'uomo come centro della natura. "Arne Naes si inserisce nella tradizione del pensiero ecologico-filosofico proposto da Henry Thoreau in Walden e da Aldo Leopold nel suo Land Ethic" (GOLDIM, 1999). "In Brasile, nello stesso periodo, il Prof. José Lutzemberger proponeva già idee simili e dava il via al movimento ecologico brasiliano con la creazione dell'AGAPAN" (Associação Gaucha de Proteção ao Ambiente Natural) (GOLDIM, 1999).

Tabella 1. Confronto tra la visione egemonica del mondo e l'ecologia profonda.

VISIONE EGEMONICA DEL MONDO	ECOLOGIA PROFONDA
Padronanza della natura	Armonia con la natura
L'ambiente naturale come risorsa per Tutti	La natura ha un valore intrinseco per gli esseri umani
Gli esseri umani sono superiori	all'uguaglianza tra le diverse specie di altri esseri viventi.
Crescita economica e materiale	Obiettivi materiali al servizio dei più grandi obiettivi di autorealizzazione umana come base per la crescita
Credere in vaste riserve del pianeta	ha risorse limitate
Progressi e soluzioni basati su una tecnologia appropriata e su una	scienza dominante non ad alta tecnologia
Consumismo	Fare ciò che è necessario e riciclare Comunità nazionale centralizzata	Bioregioni e riconoscimento di tradizioni minoritarie

Fonte: GOLDIM (1999).

"[...] l'ecologia profonda non separa gli esseri umani - o qualsiasi altra cosa - dall'ambiente naturale. Vede il mondo non come un insieme di oggetti isolati, ma come una rete di fenomeni fondamentalmente interconnessi e interdipendenti. L'ecologia profonda riconosce il valore intrinseco di tutti gli esseri viventi e concepisce gli esseri umani come un filo particolare nella rete della vita" (CAPRA, 2001).

Vale la pena notare che la bioetica, come sottolineano Batista et al. (2009), ha avuto un discorso con marcate preoccupazioni ecologiche fin dalle sue origini, il che indica un'intersezione intrinseca tra le due discipline. Pertanto, i presupposti di questi possibili dialoghi - tra bioetica ed ecologia - dovrebbero essere gradualmente incorporati nelle azioni quotidiane, un'azione che può rendere i cittadini più consapevoli, agendo in modo responsabile nei confronti dell'ambiente e consentendo alla Terra di rimanere abitabile e sostenibile per le generazioni presenti e future.

2.4 Servizi ambientali

L'Agenzia brasiliana per lo sviluppo industriale (2012) riferisce che, secondo il Programma delle Nazioni Unite per l'Ambiente e la Conferenza delle Nazioni Unite sul Commercio e lo Sviluppo (UNEP/UNCTAD), sebbene non vi sia accordo sulla definizione, i beni ambientali sono solitamente suddivisi in due ampie categorie. La prima comprende le attrezzature, i materiali e le tecnologie progettate per adattare il sistema produttivo a un particolare problema ambientale, come il trattamento dell'acqua e delle acque reflue e il controllo dell'inquinamento atmosferico e terrestre. La seconda categoria comprende i beni industriali e di consumo il cui uso finale riduce gli impatti negativi sull'*ambiente*, e che sarebbero preferibili dal punto di vista ambientale (PPE) rispetto a un altro prodotto con un uso simile. Esempi di PPE sono le apparecchiature elettriche ed elettroniche a minor consumo energetico, i prodotti da agricoltura biologica, le fibre naturali biodegradabili, la gomma naturale, l'etanolo e altre energie rinnovabili pulite.
La definizione generale di beni e servizi ambientali (EGSS - Environmental Goods and Services Sector) concordata dall'OCSE (2006) e da EUROSTAT (2009), e pubblicizzata dall'Associazione Brasiliana per lo Sviluppo Industriale (2012), afferma che questa categoria dovrebbe includere beni che:

"Misurano, prevengono, limitano, minimizzano o correggono i

danni ambientali all'acqua, all'aria e al suolo, nonché i problemi legati ai rifiuti, al rumore e agli ecosistemi..., [compresi] le tecnologie pulite, i prodotti e i servizi che riducono il rischio ambientale, l'inquinamento e l'uso delle risorse ambientali" (ABDI, 2012).

Questa definizione di beni e servizi ambientali concordata tra OCSE/EUROSTAT consente di includere i servizi forniti da TEvap in questo studio, principalmente in termini di prevenzione, minimizzazione e correzione dei danni ambientali all'acqua e al suolo.
L'Agenzia brasiliana per lo sviluppo industriale (2012) afferma che i servizi ambientali costituiscono un "settore" di dimensioni equivalenti a quelle dei settori aerospaziale e farmaceutico messi insieme, con un mercato globale stimato in quasi 800 miliardi di dollari nel 2010. In particolare, non esiste una definizione concordata a livello internazionale o criteri di classificazione delle attività che siano sufficientemente consensuali da rendere possibile l'identificazione di queste attività.

In effetti, queste attività sono diffuse in un'ampia gamma di categorie di prodotti nelle classificazioni industriali e sono spesso sviluppate da una prospettiva che va oltre la dimensione strettamente ambientale. In questo contesto, i criteri utilizzati per identificare queste attività presentano solitamente un certo grado di imprecisione e soggettività - come l'esistenza di un "chiaro ed evidente legame con l'ambiente", la presenza di un "uso finale ambientale", l'"utilità di un'attività nel fornire servizi ambientali", il "contributo al raggiungimento di obiettivi ambientali" o il "beneficio per l'ambiente" (ABDI, 2012).

I cambiamenti avvenuti nel quadro istituzionale delle politiche pubbliche nei settori dell'ambiente e dei servizi igienico-sanitari hanno rafforzato l'importanza delle azioni condotte dagli enti governativi decentrati, in particolare dagli Stati e dai Comuni. "La mobilitazione dei fondi PAC e IDB (Banca Interamericana di Sviluppo) ha incoraggiato gli investimenti nel settore igienico-sanitario negli ultimi due anni" (ABDI, 2012).

2.4.1 Igiene di base, ambientale ed ecologica.

L'importanza dei servizi igienici e la loro associazione con la salute umana possono essere fatte risalire a culture antiche. "I servizi igienici si sono sviluppati in linea con l'evoluzione delle varie civiltà, a volte regredendo con la loro caduta, a volte rinascendo con l'emergere di altre" (BRASIL, 2006).

"I servizi igienici di base sono un diritto umano essenziale. Approvata dall'Assemblea Generale delle Nazioni Unite (ONU) nel luglio 2010, questa definizione contrasta con la drammatica situazione globale in cui 2,6 miliardi di persone non hanno accesso alla raccolta e al trattamento delle acque reflue e 900 milioni di persone vivono ancora senza accesso a fonti affidabili di acqua potabile. Questa situazione porta alla morte annuale di 1,5 miliardi di bambini sotto i cinque anni in tutto il mondo, e il 99% di questi decessi avviene nei Paesi poveri e in via di sviluppo" (TRATA BRASIL, 2010).

L'igiene ambientale è l'insieme di azioni socio-economiche volte a raggiungere la salute ambientale attraverso la fornitura di acqua potabile, la raccolta e lo smaltimento sanitario dei rifiuti solidi, liquidi e gassosi, la promozione della disciplina sanitaria nell'uso del territorio, il drenaggio urbano, il controllo delle malattie trasmissibili e altri servizi e opere specializzate, con l'obiettivo di proteggere e migliorare le condizioni di vita urbane e rurali (FUNASA, 2001; BRASIL, 2006).

L'igiene ecologica si basa su tre principi fondamentali: prevenire l'inquinamento piuttosto che cercare di controllarlo dopo che è stato inquinato; sterilizzare l'urina e le feci; utilizzare i prodotti sicuri, urina e feci, per scopi agricoli. Questo approccio può essere caratterizzato come "sanificare e riciclare" (WINBLAD; SIMPSON-HÉRBERT, 2004).

Winblad e Simpson-Hérbert (2004) descrivono l'igiene ecologica come un nuovo approccio in cui sono inclusi sistemi che risparmiano acqua, prevengono l'inquinamento idrico e riciclano i nutrienti dagli escrementi umani. Queste nuove soluzioni dovrebbero anche far risparmiare denaro e ottimizzare le limitate risorse finanziarie di molte città, paesi e agenzie governative in tutto il mondo. "L'idea era quella di cercare soluzioni ecologiche che migliorassero l'ambiente e allo stesso tempo ponessero delle barriere alle malattie trasmesse dall'acqua" (WINBLAD; SIMPSON-HÉRBERT, 2004).

La sanificazione ambientale ed ecologica delle acque reflue di origine domestica, così come di altre fonti inquinanti, è un'azione fondamentale per ridurre gli inquinanti e preservare le fonti idriche di tutto il pianeta, migliorando di conseguenza la qualità della vita di tutti gli esseri viventi. Lo scarico degli effluenti senza alcun trattamento comporta danni ambientali estremamente gravi per la salute della popolazione brasiliana. Secondo la Procura federale (2011), ogni persona genera in media 120 litri di acque reflue al giorno.

Nel 2010, l'importo pagato per il trattamento delle acque reflue era uguale a quello pagato per il volume d'acqua fatturato e, secondo un articolo del quotidiano O Estado (2010), è stato proposto che i consumatori paghino l'80% di questo volume. Si trattava di una richiesta di lunga data della società del Ceará, già utilizzata in altre parti del Paese. Secondo un articolo del quotidiano O Povo (2012), la tariffa media per m³ di acqua trattata, che dal 2010 era di 1,83 R$, è salita a 2,19 R$, e l'importo addebitato per le acque reflue in questo periodo è pari all'80% del consumo di acqua, per un totale di 1,75 R$ per m3.

Leoneti, Prado e Oliveira (2011) riferiscono che per rendere redditizi gli investimenti governativi nei servizi igienico-sanitari di base, la Legge 11.445 (2007) ha istituito la Politica Federale dei Servizi Igienico-Sanitari di Base, che nel suo capitolo IX guida l'azione del governo federale definendo un'ampia serie di linee guida, obiettivi e traguardi per l'universalizzazione e definendo programmi, azioni e strategie per gli investimenti nel settore. La legge 9.433 (1997), che fa riferimento alla Politica nazionale delle risorse idriche (PNRH), all'articolo 31 stabilisce che, nell'attuazione della PNRH, i poteri esecutivi del Distretto federale e dei Comuni promuoveranno l'integrazione delle politiche locali in materia di igiene di base, uso, occupazione e conservazione del territorio e ambiente con le politiche federali e statali sulle risorse idriche.

Gli aspetti ambientali che integrano questa legislazione sono trattati nelle risoluzioni elaborate dalle agenzie di regolamentazione, come la Risoluzione 357 del Consiglio Nazionale dell'Ambiente (2005), che prevede la classificazione dei corpi idrici e le linee guida ambientali per la loro classificazione, oltre a stabilire le condizioni e gli standard per lo scarico degli effluenti. Questa risoluzione ha subito degli aggiustamenti con la Risoluzione 397 del Consiglio Nazionale dell'Ambiente (2008), come l'esclusione del parametro azoto ammoniacale totale nei sistemi di trattamento delle acque reflue sanitarie.

"Il 3 dicembre 2008, con la Risoluzione 62, il Consiglio delle Città ha approvato anche il Patto di igiene di base, che ha segnato l'inizio della preparazione del Piano nazionale di igiene di base (PLANSAB). Questo patto, frutto di un'ampia discussione con le principali organizzazioni rappresentative del settore, rappresenta un impegno per l'elaborazione del piano che mira a stabilire un ambiente di fiducia e comprensione per il raggiungimento dei suoi obiettivi e traguardi" (BRASIL, 2008 apud LEONETI, PRADO e OLIVEIRA, 2011).

Secondo il Ministero delle Città (2014), il Piano Nazionale di Igiene di Base (PLANSAB) consiste in una pianificazione integrata di igiene di base, che comprende le quattro componenti: fornitura di acqua potabile, smaltimento delle acque reflue, gestione dei rifiuti solidi e drenaggio delle acque piovane urbane, e ha un orizzonte di 20 anni, dal 2014 al 2033. Il PLANSAB è stato elaborato dal governo federale in un ampio processo partecipativo, coordinato dal Ministero delle Città e da un Gruppo di lavoro interistituzionale (GTI) istituito dalla Presidenza della Repubblica, valutato e approvato attraverso risoluzioni, mozioni e raccomandazioni dei seguenti consigli: Consiglio Nazionale della Sanità (CNS); Consiglio Nazionale delle Risorse Idriche (CNRH); Consiglio Nazionale dell'Ambiente (CONAMA); Consiglio delle Città (CONCIDADES).

"Tuttavia, anche per quanto riguarda il trattamento delle acque reflue, la probabilità che il Brasile raggiunga questo obiettivo, il settimo degli Obiettivi di Sviluppo del Millennio (OSM), è solo del 30%" (PMSS, 2007 apud LEONETI, PRADO e OLIVEIRA, 2011). "L'accesso a queste risorse richiederà una maggiore pianificazione dei sistemi in modo integrato, attraverso progetti che diano priorità alla qualità e che si basino sui Piani comunali di igiene di base" (LEONETI, PRADO e OLIVEIRA, 2011).

2.4.2 Riduzione dei rifiuti

La crescita disorganizzata della popolazione e l'aumento del consumo di beni e servizi generano un'elevata quantità e diversità di rifiuti solidi che necessitano di un trattamento adeguato per evitare problemi ambientali e di salute pubblica. "La produzione di rifiuti solidi urbani in Brasile è cresciuta dell'1,3% dal 2011 al 2012, un tasso superiore al tasso di crescita della popolazione urbana del Paese nel periodo, che è stato dello 0,9%, raggiungendo 62.730.096 tonnellate nel 2012" (ABRELPE, 2012).

Santos, Zanella e Silva (2008) affermano che il 63,6% dei comuni brasiliani smaltisce i propri rifiuti in discarica e il 13,8% in discarica, secondo i dati dell'Istituto Brasiliano di Geografia e Statistica (2002). Riferiscono inoltre che una città come Fortaleza genera circa 3.000 tonnellate di rifiuti al giorno, una delle capitali con il più alto tasso di produzione di rifiuti del Paese, secondo le informazioni ottenute dal direttore operativo dell'Azienda municipale di pulizia e urbanizzazione (EMLURB).

"In Brasile, nel 2012, 23,7 milioni di tonnellate sono finite in discariche o discariche controllate, che dal punto di vista ambientale sono poco diverse dalle discariche, in quanto non dispongono di tutti i sistemi necessari per proteggere l'ambiente e la salute pubblica" (ABRELPE, 2012).

L'Associazione brasiliana delle imprese di pulizia pubblica e di rifiuti speciali (2012) afferma che nel 2010 i soli servizi di raccolta sono costati alle casse pubbliche 7,16 miliardi di reais. Le risorse investite dai comuni nel 2012 per coprire tutti i servizi di pulizia urbana in Brasile sono state in media di 11,00 reais per abitante al mese, generando circa 383,2 kg di rifiuti per abitante all'anno.

Materiali come le macerie, come riportato dall'Associazione brasiliana delle imprese di pulizia pubblica e di rifiuti speciali (2012), nel 2012 i Comuni hanno raccolto più di 35 milioni di tonnellate di rifiuti da costruzione o demolizione (CDW), con un aumento del 5,3%. Questa situazione, osservata anche negli anni precedenti, richiede un'attenzione particolare alla destinazione finale dei CDW, poiché la quantità totale di questi rifiuti è ancora maggiore, dato che i comuni generalmente raccolgono solo i rifiuti scaricati in luoghi pubblici.

A Resex do Batoque, le raccolte vengono effettuate poco frequentemente, due o tre volte a settimana, e non coprono tutti i siti, con tre operai in loco ogni giorno (informazioni verbali)[3] . Gli abitanti della zona, insieme all'Associazione dei residenti di Batoque, si sono organizzati e hanno costruito strutture in muratura con le proprie risorse per stoccare temporaneamente i SR, facilitare la raccolta in alcuni punti e proteggere dall'accesso di animali come cani, mucche e asini che vagano liberamente per le strade.

Il CDW non viene raccolto dalla rete pubblica, lasciando al proprietario il compito di trovare una destinazione adeguata per i rifiuti. I gusci verdi delle noci di cocco (*Cocus dulcifera*) e il materiale di potatura degli alberi sono spesso accatastati agli angoli delle strade e nei quartieri, anche se esiste la possibilità di una raccolta pubblica.

2.4.3 Sequestro di carbonio

Il carbonio è l'elemento chimico fondamentale dei composti organici, che circola negli oceani, nell'atmosfera, negli esseri viventi, nel suolo e nel sottosuolo. "Questi sono considerati depositi, o serbatoi, di carbonio. Il carbonio passa da un deposito all'altro attraverso processi chimici, fisici e biologici" (RÜGNITZ; CHACÓN; PORRO, 2009).

"L'atmosfera è il più piccolo e dinamico dei serbatoi del ciclo del carbonio. Tuttavia, tutti i cambiamenti che avvengono in questo serbatoio sono strettamente correlati ai cambiamenti del ciclo globale del carbonio e del clima. La maggior parte del carbonio presente nell'atmosfera è sotto forma di anidride carbonica (CO_2, nota anche come biossido di carbonio). In misura minore, il carbonio atmosferico è sotto forma di metano (CH_4), perfluorocarburi (PFC) e idrofluorocarburi (HFC). Tutti questi sono considerati gas a effetto serra (GHG), che contribuiscono all'equilibrio termico della Terra" (RÜGNITZ; CHACÓN; PORRO, 2009).

Lo scambio di carbonio tra i serbatoi terrestri e atmosferici è il risultato dei processi naturali di fotosintesi e respirazione e dell'emissione di gas causata dall'azione umana. La cattura del carbonio attraverso la fotosintesi avviene quando le piante assorbono l'energia solare e la CO_2 dall'atmosfera, producendo ossigeno e carboidrati (zuccheri come il glucosio), che servono come base per la loro crescita. "Attraverso questo processo, le piante fissano il carbonio nella biomassa della vegetazione e di conseguenza costituiscono, insieme ai loro residui (legno morto e lettiera di foglie), uno stock naturale di carbonio" (RÜGNITZ; CHACÓN; PORRO, 2009).

Secondo Rügnitz, Chacón e Porro (2009), un inventario della biomassa è un requisito fondamentale per lo sviluppo di progetti che mirano a ottenere certificati di credito di carbonio. L'inventario quantifica l'immagazzinamento del carbonio in diversi depositi presenti in diversi usi del suolo o ecosistemi, e permette anche di misurare l'impatto di un determinato progetto sulla rimozione (sequestro) di anidride carbonica (CO_2) dall'atmosfera attraverso la sua fissazione nella biomassa esistente.

Gli interventi produttivi finalizzati al sequestro del carbonio hanno il potenziale per contribuire alla generazione di reddito nelle comunità rurali e nelle famiglie produttrici e, secondo Rügnitz, Chacón e Porro (2009), se eseguiti correttamente, le azioni finalizzate al sequestro del carbonio, oltre a contribuire a mitigare gli effetti negativi del cambiamento climatico, dovrebbero promuovere l'uso sostenibile delle risorse naturali e migliorare il benessere delle comunità rurali. "Tali interventi avvengono attraverso l'utilizzo di sistemi di utilizzo del suolo con una maggiore produzione di biomassa, che si traducono in stock di carbonio più elevati" (RÜGNITZ; CHACÓN; PORRO, 2009).

Rügnitz, Chacón e Porro (2009) affermano che gli agricoltori familiari e le comunità tradizionali possono fornire un servizio ambientale attraverso le attività forestali e agroforestali che contribuiscono allo stoccaggio del carbonio e che, con l'entrata in vigore del Protocollo di Kyoto nel 2005, il mercato internazionale del carbonio è diventato una realtà legale e pratica. Oltre al mercato associato alla conformità con il Protocollo di Kyoto, altri meccanismi (volontari e paralleli) generano opportunità per integrare il reddito delle attività forestali attraverso il reddito derivante dai certificati di credito di carbonio.

"Tuttavia, le metodologie e le procedure richieste per dimostrare la cattura e lo stoccaggio del carbonio da parte dei progetti forestali sono considerate restrittive e la maggior parte di questi mercati non negozia ancora i certificati derivanti dalla riduzione delle emissioni da deforestazione e degrado. Tuttavia, ad oggi i benefici finanziari ricevuti da questo segmento grazie all'accesso ai mercati del carbonio sono stati irrisori" (RÜGNITZ; CHACÓN; PORRO, 2009).

Secondo Soares et al. (2010), la creazione di un mercato brasiliano del carbonio, che crei una domanda di crediti originariamente locale, che operi con regole proprie e che si basi su meccanismi di commercializzazione locali, dove acquirenti e venditori troveranno la giusta piattaforma di scambio, è la prospettiva che manca al Paese per realizzare appieno il potenziale di generazione di crediti di carbonio. Le prospettive sono ancora migliori se questo sistema brasiliano si integra con altri sistemi internazionali, in modo che la fungibilità dei crediti porti volumi di affari ancora maggiori. Soares et al. (2010) affermano che la Politica Nazionale sul Cambiamento Climatico, stabilita dalla Legge Federale 12.187 del 29 dicembre 2009, è allineata con lo sviluppo di meccanismi di mercato per adempiere all'impegno nazionale volontario di ridurre le emissioni previste tra il 36,1% e il 38,9% entro il 2020. "Il mercato

Il sistema nazionale risultante, espressamente menzionato nella legge, sarà volontario, almeno inizialmente, e potrà evolvere in un sistema obbligatorio nel tempo" (SOARES et al., 2010).

Secondo Abranches (2013), nel 2012 il mercato globale del carbonio è cresciuto del 26% in termini di volume di transazioni, pari a 10,7 miliardi di tonnellate o a un terzo delle emissioni globali di CO_2. Tuttavia, afferma che i prezzi stanno diventando sempre più depressi e che nel 2013 entreranno in vigore importanti cambiamenti strutturali nel mercato europeo, il principale mercato mondiale del carbonio, decisi dall'Unione Europea nel 2008. "Il rischio maggiore è che un crollo di questo mercato porti a un aumento delle emissioni" (ABRANCHES, 2013).

"Questo intenso movimento ha fatto crollare il valore del mercato globale del carbonio, che è sceso del 36% rispetto al 2011, attestandosi a 61 miliardi di euro alla fine del 2012. È la prima volta che il valore annuale del mercato globale del carbonio diminuisce". Il motivo è da ricercare nei prezzi "fortemente depressi": la tonnellata media di carbonio è scesa a 5,7 euro l'anno scorso, rispetto agli 11,2 euro dell'anno precedente" (ABRANCHES, 2013).

Questo studio non ha trovato alcun riferimento all'uso di TEvap in progetti di sequestro del carbonio. Rügnitz, Chacón e Porro (2009) riferiscono che le limitazioni all'accesso ai mercati del carbonio diventano ancora maggiori nel caso di produttori rurali di piccole e medie dimensioni che non sono a conoscenza del potenziale di sequestro del carbonio delle loro aree, così come dei tipi di progetti e dei componenti ammissibili per ogni tipo di mercato e delle procedure necessarie per negoziare i crediti di carbonio sui rispettivi mercati.

Tuttavia, il sequestro di carbonio effettuato dal TEvap è reale, soprattutto da parte della coltura del banano (*Musa sp.), la* principale specie coinvolta nel processo di evapotraspirazione del TEvap. Uno studio di Gondim et al. (2012) ha rilevato che la quantità di carbonio sequestrata dalla coltura del banano (Musa *sp.*) varia da 2,25 tC/ha.anno a 2,69 tC/ha.anno.

CAPITOLO 3 IPOTESI

L'implementazione di serbatoi di evapotraspirazione in case familiari senza trattamento delle acque reflue nella Riserva Estrattiva di Batoque ad Aquiráz - CE, un'Unità Federale di Conservazione - UC, presenta aspetti ecologici e servizi ambientali fondamentali per lo sviluppo sostenibile, economicamente misurabili e adattabili alla realtà di altre UC, così come alle aree urbane e rurali prive di servizi igienici.

CAPITOLO 4 OBIETTIVO

4.1 Generale

Realizzare un caso di studio sull'implementazione di vasche di evapotraspirazione in un'unità di conservazione federale, evidenziando gli aspetti ecologici e i servizi ambientali promossi da questa attività.

4.2 Specifico

- Dissertare sugli aspetti ecologici qualitativi e sui servizi ambientali legati all'implementazione del serbatoio di evapotraspirazione (TEvap) nella Riserva Estrattiva di Batoque, ad Aquiráz - CE.

- Diffondere gli aspetti ecologici e i servizi ambientali esistenti dopo l'implementazione dei serbatoi di evapotraspirazione nelle unità di conservazione federali.

- Monetizzazione dei servizi ambientali legati all'implementazione di serbatoi di evapotraspirazione nella Riserva Estrattiva di Batoque, ad Aquiráz - CE.

- Identificare e delineare i benefici qualitativi e quantitativi dell'implementazione di TEvap nelle aree prive di servizi igienici di base.

- Incoraggiare la creazione di politiche pubbliche volte all'implementazione di TEvap per il trattamento delle acque reflue domestiche in aree prive di servizi igienici di base.

- Diffondere le informazioni sull'attività di implementazione del TEvap prodotte dalle azioni del progetto "Recupero della laguna di Batoque".

CAPITOLO 5 METODOLOGIA

È stato condotto un caso di studio sull'implementazione di serbatoi di evapotraspirazione (TEvap) nella Riserva Estrattiva di Batoque (Figura 3), ad Aquiráz - Ceará. Questa attività è stata promossa nell'ambito del progetto "Recupero della Laguna di Batoque", sponsorizzato da Petrobras attraverso il Programma Ambientale Petrobras, che ha incluso l'Associazione della Comunità dei Residenti di Batoque (ACMB), un'entità civile locale, in un bando pubblico pubblicato nel 2010, che prevedeva la realizzazione di 80 TEvap in aree vicine alla Laguna di Batoque.

Figura 3 - Immagine dell'area della Riserva Estrattiva di Batoque nel 2011, che evidenzia la laguna.

Fonte: George Sampaio.

Gli aspetti ecologici e i servizi ambientali derivanti dall'implementazione di 74 TEvap sono stati utilizzati per generare informazioni sui servizi ambientali promossi dall'inizio dell'attività di ciascuna unità, da maggio 2011 a dicembre 2013. Gli indicatori qualitativi e quantitativi dei benefici dell'implementazione di TEvap in ambito sociale, ambientale ed economico sono stati analizzati attraverso lo studio di articoli scientifici, libri e pubblicazioni relativi all'ambito dello studio.

I TEVap sono stati pianificati per essere costruiti in 6 diversi periodi, 20 unità per periodo, dal 2° al 4°; e dieci unità nel 5° e 6° periodo. Un'unità è stata costruita nel 1° periodo durante il corso di introduzione alla Permacultura e di formazione alla costruzione di TEVap. Le fotografie dell'inizio e della fine della costruzione sono state utilizzate per dimostrare l'azione, così come le foto a sostegno dell'uso di materiali riutilizzabili come macerie e gusci di cocco (Appendice A) raccolti dalla comunità stessa per costruire il TEvap. Si è stimato di utilizzare 0,6 m³ di macerie e 0,6 m³ di gusci di cocco per ogni unità standard costruita.

Sono state utilizzate le informazioni contenute in un modulo di registrazione predisposto dall'ACMB per registrare l'interesse dei residenti e fornire i dati necessari all'implementazione del TEvap. Le informazioni utilizzate sono state il numero di residenti per famiglia e il sistema igienico-sanitario precedentemente esistente. Il lavoro è stato preceduto da una richiesta e da una concessione del Sistema informativo e di autorizzazione alla biodiversità (SISBIO) per la realizzazione dell'opera; autorizzazione n. 41902.

È stata elaborata una formula matematica per calcolare i servizi ambientali forniti dai sistemi TEvap, utilizzando il volume residenziale generato, in metri cubi per persona, e stimando i risparmi economici derivanti dal trattamento delle acque reflue (acque nere), adattando i dati forniti da MPF (2011) e O Estado (2010), come segue: giorni di attività x numero di persone beneficiate x produzione pro capite di litri di acque reflue al giorno per persona (acque nere). E il valore del servizio di riduzione dei rifiuti, utilizzando le informazioni fornite da ABRELPE (2012), deducendo l'importo di R$344,5 per metro cubo di rifiuti "trattati".

Il calcolo del sequestro di carbonio per unità impiantata è stato effettuato utilizzando il valore più basso di sequestro di carbonio fornito da Gondim et al. (2012), 2,25 tC/ha.anno. Utilizzando l'area standard di ogni unità TEvap, 3 metri quadrati, moltiplicata per il totale degli impianti, si ottiene un'area totale di sequestro del carbonio: 219 m². Utilizzando una semplice regola del tre o fattore di conversione, insieme ai dati forniti da Abrelpe (2013), relativi al valore della tonnellata di carbonio sul mercato internazionale nel 2012, e utilizzando il valore medio dell'euro, 3,11 R$, nel novembre 2014, dati di BNDES (2014), troviamo i valori finanziari in reais per il servizio ambientale svolto dal TEvap in termini di sequestro di carbonio dall'atmosfera.

Nel corso di questo studio, è stata monitorata la costruzione di 74 TEvap, o letti biosettici (Appendice B). La realizzazione di questi TEvap è avvenuta in periodi diversi, come previsto, con un'unità nel primo periodo (Figura 04), insieme al corso di introduzione alla Permacultura e alla formazione sulla costruzione di letti biosettici, nel maggio 2011. 21 unità sono state costruite in ogni periodo nei mesi di febbraio, settembre e maggio 2013. E dieci unità nel 5° periodo, che si è concluso nell'ottobre 2013.

Figura 04 - 1° TEvap costruito nella Riserva Estrattiva di Batoque, durante un corso introduttivo di Permacultura e formazione alla costruzione di aiuole biosettiche.

Fonte: L'autore.

Per la costruzione sono state utilizzate circa 44,4 tonnellate di gusci di noce di cocco e 44,4 tonnellate di detriti di muratura (frammenti di tegole, pezzi di mattoni e cemento). Ciò rappresenta una rimozione media giornaliera di 60,8 kg di rifiuti dalla riserva in due anni. Questo servizio ambientale ha generato un risparmio di 30.591,6 R$ per le casse pubbliche.

Sia le macerie che i gusci di cocco utilizzati dal TEvap sono spesso stoccati in modo improprio e favoriscono la diffusione di vettori di gravi malattie come la dengue, causando problemi di salute alla popolazione locale. Della costruzione dei TEvap hanno beneficiato 257 persone (secondo i moduli di registrazione). In 69 delle case in cui sono stati costruiti, all'inizio c'era solo uno scarico per convogliare le acque reflue domestiche grezze. Tre famiglie hanno smaltito le acque reflue direttamente nel terreno sabbioso locale. E solo due utilizzavano la fossa settica tradizionale, come mostra la figura che illustra la situazione sanitaria dei residenti coperti dal TEvap (Grafico 01).

Grafico 01 - Stato di salute dei residenti interessati dal progetto "Recupero della laguna di Batoque" con TEvap .

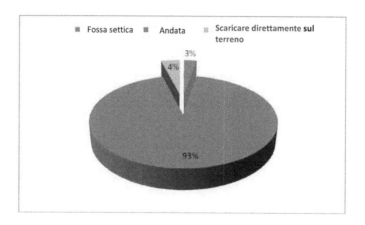

Fonte: Elaborazione dell'autore.

Le fosse settiche tradizionali, come gli scarichi ampiamente utilizzati nella maggior parte delle abitazioni, rimuovono solo i solidi senza eliminare completamente la possibilità di contaminazione da parte di varie malattie dell'uomo. Spesso traboccano durante la stagione delle piogge e devono essere svuotate. Quando ciò non avviene, la qualità delle acque sotterranee è compromessa (GALBIATI, 2009). I drenaggi permettono inoltre di contaminare le acque sotterranee attraverso l'infiltrazione in diversi tipi di terreno, soprattutto quelli sabbiosi. Il servizio ambientale fornito dal trattamento di 11.444,4 metri cubi di acque reflue residenziali generate dai 73 TEvap installati rappresenta un risparmio per le casse pubbliche di 20.027,00 reais.

Per quanto riguarda il servizio ambientale legato al sequestro di carbonio dei banani attraverso il TEvap, sono stati ottenuti valori minimi in relazione all'attività svolta sul mercato globale del carbonio, poiché l'area totale calcolata coperta dal TEvap è stata solo di 0,05 tC/ha.anno[-1] , equivalente a 0,88 R$, un valore non adatto alla commercializzazione sul mercato internazionale del carbonio.

Il risparmio totale generato per le casse pubbliche dallo svolgimento di questi servizi ambientali, trattamento delle acque reflue e rimozione dei rifiuti, è di 50.620,18 reais, per il periodo da maggio 2011 a dicembre 2013, come mostrato nella Tabella 2.

Tabella 2: Servizi ambientali calcolati dopo l'implementazione di 74 TEvap nella Riserva Estrattiva di Batoque, da maggio 2011 a dicembre 2013.

Servizi ambientali	Quantità/unità	Valore monetario in R$
Trattamento delle acque reflue	11.444,4 [m	20.027,70
Rimozione dei rifiuti	88,8 tonnellate	30.591,60
Sequestro di carbonio	0,05 tC/ha.anno	0,88
Valore totale		50.620,18

Fonte: Elaborazione dell'autore.

"Fortaleza è una delle capitali con il più alto tasso di produzione di rifiuti solidi del Paese (3 KTon al giorno)" (SANTOS, ZANELLA E SILVA, 2008). L'implementazione di sistemi igienico-sanitari come questo nel 10% delle abitazioni di Fortaleza, circa 70.000 secondo i dati dell'Annuario di Fortaleza (2012), favorirebbe una riduzione di 42 KTon di rifiuti urbani, calcinacci da costruzione e gusci di cocco, dopo l'installazione di tutti i TEvap. Un'azione di questo tipo ridurrebbe il volume dei rifiuti depositati nelle discariche, ridurrebbe i problemi ambientali generati dal mancato trattamento dei rifiuti, preserverebbe la salute della popolazione, proteggerebbe le risorse idriche e ridurrebbe i costi con sistemi igienico-sanitari decentrati, a basso costo e di facile attuazione.

CAPITOLO 7 CONSIDERAZIONI

L'implementazione del 74 TEvap ha dimostrato la fornitura di importanti servizi ambientali per la Riserva Estrattiva di Batoque, nel trattamento delle acque reflue residenziali (acque nere), nella riduzione dei rifiuti dal sito attraverso il riutilizzo durante la costruzione di ogni unità e nel sequestro di carbonio effettuato dalle piante nella struttura.

La rimozione dei rifiuti e il trattamento delle acque reflue effettuati dimostrano significativi guadagni economici per la nazione, anno dopo anno. Il mercato internazionale del carbonio non considera valori inferiori a 1 tonnellata, come il sequestro di carbonio sviluppato in questo lavoro. Tuttavia, il volume di carbonio sequestrato ogni anno dal TEvap installato è crescente e monetario, compreso un possibile mercato locale commerciabile, oltre ad altri servizi non ancora quantificati, come il miglioramento del microclima locale. Un importante sviluppo che utilizza questa tecnologia, la costruzione di 1.500 case a prezzi accessibili con i rispettivi TEvap standard, potrebbe essere rilevante anche per il mercato internazionale del carbonio.

Vale la pena sottolineare che il sistema TEvap richiede un'area orizzontale più ampia per l'installazione rispetto ai sistemi tradizionali a fossa settica. Inoltre, richiede un'area esposta alla radiazione solare e adeguatamente ventilata. Tuttavia, offre una maggiore sicurezza in termini di non contaminazione del suolo e delle acque superficiali e sotterranee, trattando efficacemente le acque nere domestiche grazie alla combinazione di sistemi anaerobici con sistemi di filtraggio ascendente e radicale.

L'attuazione del TEvap ha dimostrato di soddisfare gli obiettivi generali del decreto istitutivo della Riserva, la legge 9.829 del febbraio 2003, che è quello di garantire l'uso sostenibile e la conservazione delle risorse naturali rinnovabili, proteggendo i mezzi di sussistenza e la cultura della popolazione estrattiva locale.

Questo studio conferma i vantaggi dell'implementazione di questo sistema alternativo e decentralizzato di sanificazione ambientale (TEvap). La diffusione di questa tecnologia in Unità di Conservazione con caratteristiche simili è un passo avanti nella sanificazione delle comunità prive di un sistema pubblico, dato che circa il 60% della popolazione tradizionale della Riserva Estrattiva vive sulla costa, secondo il Ministero dell'Ambiente (2013), analogamente alla Riserva Estrattiva di Batoque.

A livello più generale, il settore dei beni e servizi ambientali e gli standard di sviluppo hanno portato la discussione nella direzione di una logica di sviluppo basata su criteri di sostenibilità. Questa discussione, secondo l'Agenzia brasiliana per lo sviluppo industriale (2012), deve necessariamente essere qualificata in base alle specificità dei Paesi in via di sviluppo e alle pressioni che devono affrontare per rendere il percorso di apprendimento delle industrie compatibile con la minimizzazione degli impatti sull'ambiente. "Questa compatibilità dovrebbe riflettersi sia nella configurazione delle strutture produttive e nell'orientamento delle strategie aziendali e degli investimenti, sia nella strutturazione del quadro normativo e nella formattazione delle politiche pubbliche nelle loro varie dimensioni" (ABDI, 2012). È sotto quest'ultimo aspetto che si avverte la necessità di un sostegno finanziario da parte del governo, delle aziende e delle varie istituzioni per la diffusione e l'implementazione di sistemi igienico-sanitari decentralizzati e a basso costo, come il TEvap, che forniscono servizi ambientali molto importanti ai beneficiari, oltre che agli ecosistemi locali. Inoltre, permette di fare enormi passi avanti verso il raggiungimento degli obiettivi del Programma di sviluppo sostenibile.

PLANSAB, se fosse implementato su larga scala nelle comunità povere, suburbane e rurali.

Uno studio approfondito di altri servizi ambientali e aspetti ecologici potrebbe fornire nuove informazioni che potrebbero aggiungere un maggiore valore economico, sociale e ambientale al TEvap, quantificando e qualificando considerazioni quali: la regolazione dei gas; la regolazione del clima regionale; la regolazione delle perturbazioni; la fornitura di risorse idriche; la regolazione delle risorse idriche; il controllo dell'erosione e la ritenzione dei sedimenti; la ciclicità dei nutrienti; il rifugio per la vita; la produzione di cibo; e come banca di risorse genetiche.

RIFERIMENTI

ABRANCHES, Sérgio. **Il mercato del carbonio in crisi**. Rivista digitale Ecopolítica. 09 gennaio 2013. Disponibile all'indirizzo: <http://www.ecopolitica.com.br/2013/01/09/o-mercado-de-carbono-em- crise/>; Accesso: 25 novembre 2014.

ABRELPE. **Panorama dei rifiuti solidi in Brasile**. Edizione speciale, 10 anni; 2012. Disponibile da: <http://a3p.jbrj.gov.br/pdf/ABRELPE%20%20Panorama2012.pdf>; Accesso: 26 dicembre 2013.

ARAÚJO, Liana B. de C.; WIEGAND, Mário Cesar; ELLERY, Ana Ecilda L. Ellery; ARAÚJO, José Carlos de. **Água Limpa, Saúde e Terra** Fértil: implementação da tecnologia Fossa Verde como alternativa de sanamento básico em áreas de reforma agrária. VIII Congresso latinoamericano di sociologia rurale: Porto de Galinhas, 2010. Disponibile all'indirizzo: <http://www.alasru.org/wp-content/uploads/2011/07/GT2-Liana- Brito.pdf>, consultato il: 26 dicembre 2013.

ASSOCIAZIONE BRASILIANA PER LO SVILUPPO INDUSTRIALE. **Rapporto di monitoraggio settoriale**: Competitività del settore dei beni e servizi ambientali. Jorge Brito. Settembre 2012. 220 p. Disponibile all'indirizzo

:
<http://www.eco.unicamp.br/neit/images/stories/arquivos/Relatorios NEI T/Environmental-Goods-and-Services-September-2012.pdf>; Consultato il: 18 nov. 2013.

BNDES. Tasso di cambio medio attuale. Mese corrente: Dicembre/2014. Quotazione novembre/2014. Sito web. Disponibile all'indirizzo: <http://www.bndes.gov.br/SiteBNDES/bndes/bndes en/Tools and Normas/Credenciamento de Equipamentos/Taxa cambio média vigen te.html>; Consultato il: 2 dic. 2014.

BODENS, Felipe; OLIVEIRA, Bernardo. **Fossa ecologica**: serbatoio di evapotraspirazione (TEVAP). GEPEC; Brasília, 2010. Disponibile all'indirizzo: <http://mundogepec.blogspot.com/2009/07/fossa-ecologica-tanque- de 13.html>; Consultato il: 31 gennaio 2011.

BOFF, Leonardo. **Sapere come prendersi cura**. Etica dell'umano - Compassione per la terra. 9. ed. Petrópolis: Vozes, 2003. 199 p.

BRASILE, Fondazione Nazionale della Sanità. **Manuale di igiene**: norme e linee guida. 3ª Ed. 1ª Ristampa: Brasília, 2006. 480 p.

CAPRA, Fritjof. **La rete della vita**: una nuova comprensione scientifica dei sistemi viventi. 6.ed. San Paolo: Cultrix, 2001. San Paolo: Cultrix, 2001. 255p.

CAPORAL, Francisco Roberto. AZEVEDO, Edisio Oliveira. **Principi e prospettive dell'agroecologia**. Università Federale del Paraná, Curitiba, 2011. 180 p.

CONSIGLIO NAZIONALE DELL'AMBIENTE. **Risoluzione Conama n. 357** del 17 marzo 2005. Prevede la classificazione dei corpi idrici e le linee guida ambientali per la loro classificazione, oltre a stabilire le condizioni e gli standard per lo scarico degli effluenti e altre disposizioni. Brasília: MMA, 2005.

. **Risoluzione Conama n. 397** del 3 aprile 2008. Modifica il punto II del § 4 e la Tabella X del § 5, entrambi dell'art. 34 della Risoluzione n. 357 del Consiglio Nazionale dell'Ambiente (CONAMA) del 2005, che prevede la classificazione dei corpi idrici e le linee guida ambientali per la loro classificazione. 34 della Risoluzione n. 357 del Consiglio Nazionale dell'Ambiente (CONAMA) del 2005, che prevede la classificazione dei corpi idrici e le linee guida ambientali per la loro classificazione, oltre a stabilire le condizioni e le norme per lo scarico degli effluenti. Brasília: MMA, 2008. SOCIETÀ BRASILIANA DI RICERCA AGRICOLA. **Corso di formazione sulla costruzione di fosse verdi**. Università Federale di Rio Grande do Norte; Pau dos Ferros - RN, 2012. Disponibile all'indirizzo: <http://www.campograndern.com.br/wp-content/uploads/2012/11/Programa%C3%A7%C3%A3o-Curso-de-constru%C3%A7%C3%A3o-de-fossas-verdes-Pau-dos-Ferros-RN-20-a- 23-11-2012.pdf>; Consultato il: 26 dicembre 2013.

AGENZIA PER LA PROTEZIONE AMBIENTALE. **Introduzione al fitorisanamento**. Agenzia per la protezione ambientale degli Stati Uniti. 2000. Disponibile a

:
<http://nepis.epa.gov/Exe/ZyPDF.cgi/30003T7G.PDF?Dockey=3000 3T7 G.PDF>, consultato il: 26 dic. 2013.

ETIM, E. E. Il **fitorisanamento e i suoi meccanismi**: A Review. International Journal of Environment and Bioenergy, 2012. Disponibile a: <http://modernscientificpress.com/Journals/ViewArticle.aspx?gkN1Z 6Pb 60HNQPymfPQIZIsaO1oMajYkT5i8/SIthV/i150913XqIgX4XSDiXBec >; Accesso: 18 febbraio 2014.

EUROSTAT. **Il settore dei beni e servizi ambientali edizione**

2009: Metodologie e documenti di lavoro, 2009. Disponibile all'indirizzo: <http://epp.eurostat.ec.europa.eu/cache/ITY OFFPUB/KS-RA-09-012/EN/KS-RA-09-012-EN.PDF>; Consultato il: 18 novembre 2014.

FORNARI, Mara. **Nonostante i progressi, il deficit di servizi igienico-sanitari rimane elevato.** Rivista di igiene ambientale. Numero speciale I più grandi nel settore igienico-sanitario. N° 157. 01/11/2011. Da pag. 06 a pag. 14. Disponibile all'indirizzo: <http://www.cabambiental.com.br/Novo/Gerenciador/files/f2545fce-f235-45d3-a495-f2061ba5fcac.pdf>; Accesso: 26 dicembre 2013.

FONDAZIONE NAZIONALE PER LA SALUTE. **Manuale di igiene di base**. Ministero della Salute, 2001. 362p. Disponibile all'indirizzo: <http://www.sebrae.com.br/customizado/gestao-ambiental- biblioteca/bib manuale saneamento.pdf>; Accesso: 20 nov. 2012.

GALBIATI, Adriana Farina. **Trattamento domestico delle acque nere mediante serbatoi di evapotraspirazione.** Campo Grande; MS, 2009. Disponibile a : <http://200.129.202.51:8080/jspui/handle/123456789/1163>; Accesso: 26 settembre 2011.

GOLDIM, José Roberto. **Bioetica**: Origini e complessità. Rev HCPA 2006;26(2):86-92. Disponibile a : <http://www.univates.br/files/files/univates/Etica/leituras/Origens-e-complexidade.pdf#page=86>; Consultato il: 13 novembre 2013.

GONDIM, Rubens Sonsol; **Monitoraggio dello stock di carbonio nel suolo con l'applicazione di residui di banane.** Fortaleza: Embrapa Agroindústria Tropical, 2012. Disponibile all'indirizzo: <http://ainfo.cnptia.embrapa.br/digital/bitstream/item/79672/1/BPD1 2015 Residuos-da-Bananeira.pdf>; Accesso: 25 novembre 2014.

HAECKEL, Ernst. **Natürliche schopfungs-geschichte**. 2a ed. Berlino: Georg Reimer, 1870.

ISTITUTO PER LA BIODIVERSITÀ CHICO MENDES. **Rivista ICMBio in Focus**. Ed. 200. Anno 5. 2012. Disponibile a: <http://www.icmbio.gov.br/intranet/modulo/ascom/boletinsinternos/b oleti m interno 200.pdf>. Consultato il: 14 agosto 2012.

LARSSON S. **Piantagioni di biomassa di salice a rotazione breve irrigate e fertilizzate con acque reflue.** Commissione europea. DG VI, Agricoltura. Svalov, Svezia. 2003. Disponibile all'indirizzo: <http://www2.gtz.de/Dokumente/oe44/ecosan/en-willow-biomass-

plantations-irrigated-wastewaters-2003.pdf>, consultato il: 18 febbraio 2014.

Legge n. 9.433, dell'8 gennaio 1997. Brasília, DF: [s.n], 1997. Disponibile all'indirizzo: <http://www.planalto.gov.br/ccivil 03/leisis/l9433.htm>; Accesso: 25 novembre 2014.

Legge n. 11.445, del 5 gennaio 2007. Brasília, DF: [s.n], 2007. Disponibile a: <http://www.planalto.gov.br/ccivil 03/ato2007-2010/2007/lei/l11445.htm>; Accesso: 25 nov. 2014.

LEONETI, Alexandre Bevilacqua. PRADO, Eliana Leão do. OLIVEIRA, Sonia Valle Walter Borges de. **Servizi igienici di base in Brasile**: considerazioni sugli investimenti e sulla sostenibilità per il XXI secolo. RAP - Rio de Janeiro 45(2):331-48, marzo/aprile 2011. Disponibile all'indirizzo: <http://www.google.com.br/url?sa=t&rct=j&q=SANEAMENTO+B%C3%8 1SICO+pdf&source=web&cd=6&cad=rja&ved=0CEsQFjAF&url=http %3A %2F%2Fwww.spell.org.br%2Fdocumentos%2Fdownload%2F2413& ei=5 qmpUJOrK4LM9QSrqYHAAg&usg=AFQjCNHyAkczm0bWF5jn8M3 mHp J1QBcyNw>; Accesso: Nov. 2012.

MINISTERO DELLE CITTÀ. **Plansab**: Presentazione. Brasília: DF, 2014. Disponibile a : <http://www.cidades.gov.br/index.php/apresentacao-plansab.html>; Accesso: 25 nov. 2014.

MINISTERO PUBBLICO FEDERALE. **Ufficio del Procuratore Generale**. Uberaba, Minas Gerais; 18 agosto 2011. Disponibile all'indirizzo: <http://noticias.pgr.mpf.gov.br/noticias/noticias-do-site/copy di meio- ambiente-e-patrimonio-culturale/mpf-mg-vai-a-giustizia-para-obrigar- municipios-a-implantar-sistemas-de-tratamento-deesgoto>; consultato il: 20 settembre 2012.

MINISTERO DELL'AMBIENTE. **Rapporto di gestione 2013**. Istituto Chico Mendes per la conservazione della biodiversità. Organizzazione: Maria Iolita Bampi; Pedro Eymard Camelo Melo. Brasília, 2013. Disponibile a: <http://www.icmbio.gov.br/portal/images/stories/o -que-somos/relatoriogestaoicmbio2013 .pdf>; Accesso: 25 nov 2014.

MINISTERO DELL'AMBIENTE. **Relazione che caratterizza l'Unità di Conservazione e analizza le lacune, indicando studi complementari e sussidi per la costruzione del Piano di Gestione Partecipativa e la creazione del Consiglio Deliberativo della Riserva Estrattiva di Batoque.** Riserva Estrattiva Costiera di Batoque. Istituto Chico Mendes per la conservazione della biodiversità. Capitolato d'oneri n. 006/09. Consulente Camila Santos Tolosa Bianchi. Fortaleza - CE, 15 luglio 2009. 118p.

NAESS A. **I movimenti di ecologia a lungo raggio: una** sintesi. Inchiesta. 1973; 16:95-100. Disponibile all'indirizzo: <http://www.ecology.ethz.ch/education/Readings   stuff/Naess 1973.pdf> ; Consultato il: 10 nov. 2014.

OCSE, **"Beni e servizi ambientali",** Studi politici dell'OCSE. commerciale, 2006: <http://browse.oecdbookshop.org/oecd/pdfs/free/2206022e.pdf>; Accesso: 25 nov. 2014.

LO STATO. Le **acque reflue rappresenteranno l'80% dei consumi.** Giornale online. 07 dicembre 2010. Disponibile all'indirizzo: <http://www.oestadoce.com.br/?acao=noticias&subacao=ler noticia&cad ernoID=26&noticiaID=38472>; Accesso: 20 settembre 2012.

ORGANIZZAZIONE DELLE NAZIONI UNITE. **Diritto umano all'acqua e ai servizi igienici.** Programma del Decennio dell'acqua delle Nazioni Unite per l'advocacy e la comunicazione (UNW-DPAC); traduzione in portoghese Programma congiunto per l'acqua e i servizi igienici in Angola, 2010. Disponibile   presso

: <http://www.un.org/waterforlifedecade/pdf/human right to water and s anitation media brief por.pdf>, consultato il: 23 dic. 2013.

O POVO online. **Cagece adegua le tariffe del 13,66%.** Giornale dell'economia. Articolo pubblicato il 31/03/2013. Disponibile all'indirizzo: <http://www.opovo.com.br/app/opovo/economia/2012/03/31/noticiasj orna   leconomia,2812141/cagece-reajusta-tarifa-em-13-66.shtml>; Consultato il: 23 dic. 2013.

PREMIO TECNOLOGIA SOCIALE FUNDAÇÃO BANCO do BRASIL. **Incontro con i 24 finalisti.** BRASÍLIA: DF, 2009.

PROGRAMMA AMBIENTALE DI PETROBRAS. **Progetto: Recupero della laguna di Batoque.** Protocollo di presentazione n.

801. Aquiráz, 2010. 29p.

PROGETTO TRIBO das ÁGUAS. Igiene ecologica. Caucaia: Ceará, 2011. Disponibile all'indirizzo: <http://www.tribodasaguas.org.br/o-projeto/acoes- do-projeto/saneamento-ecologico>; Accesso: 24 marzo 2011.

RICLEFS, Robert E. L'economia della natura. 5 ed. Guanabara Koogan S.A. Rio de Janeiro, 2009.

RÜGNITZ, M. T.; CHACÓN, M. L.; PORRO R. Guia para Determinação de Carbono em Pequenas Propriedades Rurais -- 1. ed. -- Belém, Brasile: World Agroforestry Centre (ICRAF)/Amazon Initiative Consortium (IA). 2009. 81 p.

SAIANI, C. C. S.; TONETO JÚNIOR, R.; DOURADO, J. Disuguaglianza nell'accesso ai servizi di igiene ambientale nelle municipalità brasiliane^ Evidenza di una curva di Kuznets e di una selettività politica gerarchica? ANPEC: Area 9 - Economia regionale e urbana, 2010. Disponibile all'indirizzo: <http://www.anpec.org.br/encontro2010/inscricao/arquivos/000-c09fbc4df7e55750a39ca44e9a72eb43.pdf>; Accesso in data: 18 nov. 2013.

SANTOS, G. M.; ZANELLA, M. E.; SILVA, L. F. F. Correlazioni tra indicatori sociali e rifiuti prodotti a Fortaleza, Ceará, Brasile. 2008. Disponibile a

:

<http://www.revistarede.ufc.br/revista/index.php/rede/article/viewFile/10/ 10>; Accesso: 18 nov. 2013.

SIQUEIRA - BATISTA, R. S.; RÔÇAS, G.; GOMES, A. P.; MINARDI, R.; COTTA, M.; MESSEDER, J. C. La bioetica ambientale e l'ecologia profonda sono paradigmi per pensare al XXI secolo? Ensino, Saúde e Ambiente, v.2 n.1, p 44-51 aprile 2009. Disponibile all'indirizzo: <http://www.ensinosaudeambiente.com.br/edicoes/volume%202/Te xto% 205%20Siqueira%20Batista.pdf>; consultato il: 13 novembre 2013.

SISTEMA INFORMATIVO NAZIONALE SUI SERVIZI IGIENICO-SANITARI. Diagnosi dei servizi idrici e fognari - 2011. SNSA. MCIDADES: Brasília, 2013. Disponibile a: <http://www.snis.gov.br/PaginaCarrega.php?EWRErterterTERTer=1 01>; Accesso: 21 febbraio 2014.

SOARES, André; LEGAN, Lucia. De Olho na Água; Guida di riferimento: Costruire un giardino bio-settico e raccogliere l'acqua piovana. Editora Mais Calango; Fundação Brasil Cidadão, 2009. SOARES, Alexandre da Costa; PINHEIRO, Antonio Fernando - Pedro; STUMP, Daniela; NOVAES, Débora Ly Rolino; MELLO, Francisco Silveira - Filho; MACHADO, Lourdes Alcântara; AUDI, Ricardo - Filho; NEUDING, Ricardo Gustav. **Organizzazione del mercato locale del carbonio: Il** sistema brasiliano di controllo del carbonio e i relativi strumenti finanziari. 2010. Disponibile all'indirizzo: <http://www.pinheiropedro.com.br/biblioteca/anais-e-relatórios/pdf/Estudo BM&F.pdf>; Accesso: 25 novembre 2014.

SOVRINTENDENZA AMBIENTALE DELLO STATO DEL CEARÁ. **Qualità dell'acqua della laguna di Batoque** - Aquiráz - CE. Rapporto tecnico n. 1853/2013 - DICOP/GEAMO. Processo n°11023027-2. Fortaleza, 2013.

TRATA BRASIL. **Servizi igienici inadeguati e impatto sulla salute della popolazione.** Una diagnosi della situazione in 81 comuni brasiliani con più di 300.000 abitanti. 2010. Disponibile all'indirizzo: <http://www.cabambiental.com.br/Novo/Gerenciador/files/f7522257-e794-4957-89df-af5b20270e9c.pdf>; consultato il 20 dicembre 2012.

WINBLAD U.; SIMPSON-HÉBERT M. (editori): Igiene ecologica - edizione riveduta e ampliata. SEI, Stoccolma, Svezia, 2004. Disponibile   a: <http://www3.zetatalk.com/docs/Sanitation/Ecological-Sanitation-2004.pdf>; Accesso: 21 febbraio 2014.

FONDO MONDIALE PER LA NATURA. **Gestione delle unità di conservazione**: condivisione di un'esperienza di formazione. Istituto di ricerca ecologica. Organizzatore: Maria Olatz Cases. Brasilia, 2012.

APPENDICI

Appendice A - Immagini dell'uso di materiali come macerie e gusci di cocco durante la costruzione del TEvap.

Appendice B - Immagini di vasche di evapotraspirazione (tipo: giardino biosettico) costruite nelle case dei residenti della città di Batoque - Aquiráz - CE - Collezione dell'Associazione dei residenti di Batoque.

Indice dei contenuti

Milton Keynes UK
Ingram Content Group UK Ltd.
UKHW010623080324
438959UK00001B/87